Un recueil de nouvelles à chute écrites par les élèves de 4ème
du Collège Condorcet de Levroux

AF142741

Le Quatrième Mur

Collège Condorcet de Levroux

Le Quatrième Mur

Nouvelles à chute

Édition : BoD – Books on Demand, info@bod.fr
Impression : BoD – Books on Demand, In de Tarpen 42,
Norderstedt (Allemagne)

Impression à la demande

Illustration : Dall-E, élèves de la classe CHAAP, Collège
Levroux, Condorcet

ISBN : 978-2-3221-2159-5
Dépôt légal : Juin 2023

REMERCIEMENTS

Vous tenez entre vos mains le fruit de deux ans de travail.

Les nouvelles que vous trouverez dans cet ouvrage ont toutes été rédigées par les élèves de 4ème en cours de français au sein du Collège Condorcet de Levroux, de 2020 à 2022. Ces récits ont d'abord été élaborés à partir d'idées originales des élèves, avant de faire l'objet d'un travail de révision pour en tirer une lecture plus ordonnée.

Ce travail s'inscrit également dans le cadre d'un projet réalisé avec la classe CHAAP de Mme Laurent, dont les élèves ont réalisé les différentes iconographies manuscrites qui parcourent ce recueil.

L'intégralité des fonds récoltés par la vente de cet ouvrage reviendra au refuge Cat'étoiles de Chabris (**https://cat-etoiles.fr** pour plus d'informations). En ce sens, n'hésitez pas à faire passer le mot autour de vous, aussi bien pour rendre hommage au travail de nos élèves que pour réaliser par la même occasion une bien belle action.

J'espère avoir, par ce projet, donné à nos élèves le plaisir d'écrire et d'imaginer des univers nouveaux ainsi que la joie de les voir encrés sur le papier. Ce livre est le leur.

Je vous souhaite de prendre autant de plaisir à le lire que nous en avons pris à le rédiger !

Bonne lecture !
T. Birepinte

EDITION 2020-2021

LA DOUBLE EVASION

Par Alycia, Honorine et Cathy

LA DOUBLE EVASION

Par Alycia, Honorine et Cathy

Le jeune homme nommé Maurice venait de finir sa formation de surveillant pénitencier.

Le premier jour, il fut accueilli par ses nouveaux collègues qui lui firent visiter les lieux et lui apprirent les règles de l'établissement. On lui demanda de surveiller les deux prisonniers nouvellement arrivés, qu'on appelait ici Enrique et Tony.

Tous les deux discutèrent avec Maurice. Enrique expliqua qu'ils étaient là depuis un moment et que chaque jour, un gardien les faisait sortir de leur cellule et les amenait dans une salle de torture pour les traiter comme de vulgaires animaux. Tout cela simplement car ils s'étaient trompés de chemin durant leur voyage dans le désert. Sans même le savoir, ils s'étaient retrouvés dans une zone protégée par le gouvernement. Ils n'avaient même pas eu le temps de dire un mot. En les voyant, les autorités les avaient braqués, enfermés, menottés et expédiés ici.

« C'était un épouvantable délit de faciès » ragea Enrique.

Maurice, sensible, leur répondit :
« C'est vrai que vous avez une sale tête. »

Ému, Maurice décida de leur donner un sandwich de son pique-nique. Enrique passa son bras à travers les barreaux, attrapa le sandwich avec ses longs doigts et en profita pour tirer le bras de Maurice qui se cogna la tête contre les barreaux. Tony prit les clés et avec Enrique, ils commencèrent leur évasion, cherchant à fuir les regards de leurs gardes.

Sur le chemin, ils découvrirent qu'ils n'étaient pas les seuls prisonniers ici quand ils virent des gens tous plus différents les uns que les autres enfermés dans d'autres cellules. Ils essayèrent de se faufiler discrètement à l'extérieur mais se figèrent lorsqu'ils virent des dames en blouse blanche débarquer dans le couloir. Tony saisit Enrique par le cou et l'enferma avec lui dans le placard de la salle de repos. Ils réussirent ainsi à se cacher avant d'être vus et attendirent que les infirmières soient sorties.

Dans le placard, ils trouvèrent des bouteilles en verre remplies au tiers. Par soif ils en burent, pensant que c'était de l'eau, un breuvage très dur à trouver chez eux. Mais la tequila commença à troubler leur esprit. Pensant que la voie était libre, ils sortirent du placard en titubant et se dirigèrent vers une porte qui n'était pas la bonne. Ils tombèrent nez à nez avec Joe, un garde qui était en train de réprimander Maurice quant à sa grave erreur.

« Attrapez-les ! » cria Joe.

Tony et Enrique se mirent aussitôt à courir vers l'entrepôt, cherchant un véhicule pour s'enfuir. Ils savaient qu'ils étaient proches de la liberté. Mais au dernier moment, ils entendirent à nouveau des pas et se cachèrent dans une autre salle. Dès que les bruits eurent cessé, Enrique saisit la main calleuse de Tony et ils sortirent de la salle en courant vers une porte qui était cette fois la bonne. Enrique remarqua également leur véhicule, que leurs ravisseurs semblaient avoir conservé.

« Vite, on y est presque regarde, Chippie nous attend ! »

Ils coururent à perdre haleine mais d'un coup, Tony se cogna la tête contre un panneau dans un bruit assourdissant.

Une grosse bosse verte apparut aussitôt sur son grand front. Affolé, Enrique ouvrit grand ses trois oreilles. Il entendit le premier garde dire à l'autre :

« Vite Maurice, un de ces deux idiots s'est cogné contre le panneau zone 51. ».

ALCATRAZ

Par Benjamin, Aloys et Mathis

ALCATRAZ

Par Benjamin, Aloys et Mathis

Lorsque l'affaire apparut dans la presse, tout le monde se pressa de récolter le plus d'informations possibles. Les réseaux sociaux étaient en ébullition car l'histoire incroyable déchaînait les passions, à juste titre.

L'inspecteur Jack Connor, qui était en charge de l'affaire, sirotait son quatrième café du matin, tout en lisant l'article paru dans le New York Observer de ce matin :

« LES ÉVADÉS D'ALCATRAZ ENFIN RETROUVÉS »

« L'histoire pourrait servir de scénario à bon nombre de productions Hollywoodiennes.
Tout remonte à la tentative de braquage de la semaine dernière, dans la Capital One, une banque en Virginie.
Jeudi 14 décembre, à 09H06 précisément, un groupe de six gros bras armés jusqu'aux dents pénètre dans la banque et tout de suite, deux d'entre eux pointent leur 9mm sur le vigile. Ils exigent d'obtenir les codes des plus grandes pointures de Wall Street afin d'obtenir la somme incroyable de 4 milliards de dollars en liquide.
Malheureusement pour eux, ils ne se doutent pas que les agents Winsmith et Jebron, anciens grands noms du FBI, se

trouvent au même moment dans la banque. Très expérimentés, ces deux agents n'ont pas eu besoin de plus de deux minutes pour maîtriser les six individus, les désarmer et les confier par la suite aux autorités présentes sur place.

Quatre des suspects interpellés sont pour la plupart des délinquants bien connus des services de police. Mais toute l'attention des agents est fixée sur les deux derniers individus, plus précisément sur leur bras droit. Aucune place au doute possible. Le tatouage est celui, totalement caractéristique et tatoué à l'encre spéciale inimitable de... la prison d'Alcatraz !

Souvenez-vous de l'évasion spectaculaire des frères Warren, il y a de cela quarante-sept ans. Ces deux suspects, avaient réussi, aux côtés de leurs compagnons de cellules, une évasion historique qui a marqué l'Amérique entière. Si leurs deux compagnons avaient ensuite été tués au cours de la poursuite avec la police à Atlanta en 1987, les deux frères restaient encore introuvables.

Jusqu'à aujourd'hui. »

L'inspecteur Jack Connor termina son café rageusement, en sachant la rude tâche qui l'attendait. Les dossiers étaient formels. Les deux suspects, qui l'attendaient dans la salle d'interrogatoire à côté, étaient bien les deux frères Warren, évadés d'Alcatraz il y a de cela quarante-sept ans. Malgré ce laps de temps, ils paraissaient encore relativement jeunes et en forme. Le temps semblait ne pas avoir d'emprise sur eux.

L'inspecteur ouvrit la porte de la salle d'interrogatoire et les prisonniers le fixèrent.

- Alors messieurs, commença l'inspecteur, vous paraissez quand même bien portants pour des mecs qui ont fui la police pendant autant d'années, hein ?

Le premier frère, celui aux cheveux blonds en épis, eut un rire tonitruant. Le second, aussi brun que l'autre était blond, ne réagit même pas. L'inspecteur commença à s'impatienter.

- Mais votre présence ici démontre bien une chose : c'est que même si elle y met le temps, la police réussit toujours à rattraper les pourritures dans votre genre.

Il espérait ainsi irriter suffisamment les deux criminels pour qu'ils s'énervent et prennent la parole. C'était une tactique qui marchait même sur les prisonniers les plus endurcis, il le savait.

Les deux frères, pourtant, restaient silencieux.

- Je vous avoue, continua-t-il en essayant une autre stratégie, que votre cas soulève beaucoup de questions sans réponses. Comment avez-vous réussi à vous échapper ? Qu'est-ce que vous avez bien fait pendant tout ce temps ? Pourquoi ne réapparaître que maintenant ? Et surtout, qu'est-ce que vous foutiez dans cette banque avec des petits délinquants du quartier ?

En trois longues heures d'interrogatoire, les détenus ne dirent rien.

Pas un seul mot.

L'inspecteur Jack Connor n'avait jamais connu un tel fiasco. Il se demandait en sortant comment ces hommes pouvaient avoir un tel mental d'acier.

Il fut interrompu dans ses réflexions par son collègue, Paul Tucker, qui paraissait terrifié. Il tremblait de tous ses membres et tenait contre lui un dossier qui comportait un "S" rouge sur le devant. L'inspecteur reconnut immédiatement ce motif.

Dans toute sa longue carrière, Jack Connor n'avait connu qu'un seul dossier de ce genre, il s'agissait d'un dossier classé secret défense, soit le plus grand tabou des services d'enquêtes du pays entier. Paul lui tendit le dossier et dit :

- Jack, il faut absolument que tu lises ça, je n'y comprends absolument rien…c'est impossible…

La sueur coulait le long de son front et Jack remarqua, en regardant ses ongles, qu'il semblait les avoir dévorés de peur.

Avec un frisson d'horreur, l'inspecteur vit un écrit manuscrit qui précédait d'étranges photographies. Il vit que le mot était signé de la main du président de l'époque. Il disait ceci :

« *Exécutez immédiatement frères Warren…anciens agents renégats de la CIA. Chaise électrique immédiate déclarée par le juge G.Connor. Manipulez opinion publique, faire croire à une évasion.*

R.R »

Le dossier était accompagné de photos représentant l'exécution des deux frères que Jack reconnut aussitôt. Ils avaient exactement la même apparence qu'aujourd'hui.

Horrifié, l'inspecteur se précipita vers la salle d'interrogatoire.

Elle était vide.
Les frères Warren s'étaient volatilisés.

Son café, qu'il avait laissé sur la table, avait été renversé et quelqu'un avait écrit avec ces terribles mots :

« Tu paieras pour ton ancêtre. A très bientôt, inspecteur Connor.
W & W. »

SOUS OCCUPATION

Par Mathis et Donovan

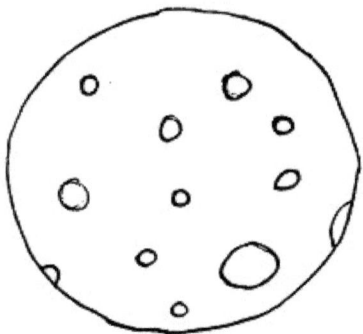

SOUS OCCUPATION

Par Mathis et Donovan

Hydropolis, 6 juin 2145, le calme règne sur la ville.

Le dictateur anglais Wade Retlih décide d'envahir l'Europe, après plus de six ans de conflits. Les forces alliées, moins nombreuses que les ennemis, recrutent des résistants pour faire passer les civils de la zone occupée en zone libre. Un de ces résistants est le pilote chevronné George Luz qui, il y a plusieurs années, avait piloté le FB 648 Chasseur de Nuit.

Le soir du 6 juin 2145 à 22h30, George s'apprêtait à faire passer clandestinement une famille de deux enfants et trois adultes. A bord de l'avion, la famille paralysée par la peur de la guerre ne faisait pas confiance au pilote. Avant le départ, George se fit interpeler :

« Une minute, Luz ! »

« Oui général ! »

« Vous savez ce qu'il vous reste à faire ? »

« Oui, mais il y aura plusieurs patrouilles ennemies. »

« Ne t'inquiète pas, avec le revêtement de l'avion, il sera impossible de vous détecter. »

George prit les commandes de l'appareil et décolla. Deux heures plus tard, il n'y avait toujours aucune activité humaine aux alentours. Il mit le pilote automatique et retourna dans la pièce principale avec la famille.

Très vite, la peur des deux enfants s'effaça quand George leur fit des tours de magie et autres blagues que son propre père lui avait appris. Un des enfants de la famille demanda même à s'installer auprès du pilote pendant le vol. Flatté, George accepta et l'enfant discuta avec lui tout le reste du trajet.

Arrivé en zone libre, George se posa en toute sérénité et remit la famille et les enfants aux résistants qui les attendaient sur place.

Cependant, alors qu'il retournait vers son vaisseau, un coup porté par derrière l'assomma net.

George se réveilla peu après et sa vision floue l'empêcha de voir le décor au dehors. Il se leva et en se tournant, remarqua le logo de Wade Retlih peint sur l'un des murs de sa chambre. Il eut un frisson. Un garde entra, se saisit de lui et l'emmena aussitôt dans une salle d'interrogatoire sombre remplie de tableaux. En se retournant, George aperçut la famille qu'il avait transportée dans une autre salle d'interrogation. La porte de la sienne s'ouvrit à nouveau, laissant entrer…le Führer Wade Retlih en personne !

George lui jeta un regard noir et demanda :

« C'était vraiment obligé le coup à la tête ? »

« C'est pour que personne n'ait de soupçon, fils, nous devions être sûrs ».

Puis il le regarda avec un petit sourire au coin des lèvres :

« Alors, qu'en dis-tu ? »

« Je pense que ce piège à clandestins fonctionnera à la perfection. »

SUR LE FIL

Par Tiana, Tom et Gabriel

SUR LE FIL

Par Tiana, Tom et Gabriel

Allongé sur le sol en un i parfait, immobile comme s'il dormait, le corps sans vie de Randall Flagg était éclairé par les phares de la voiture de police face à lui.

Je me penchai sur le cadavre ensanglanté et la première chose que je vis fut de nouveau la trace du fil dentaire qui avait servi à l'étrangler, comme pour toutes les autres victimes avant lui.

Cela faisait déjà trois ans que j'enquêtai -que nous enquêtions- sur une série de meurtres inexpliqués, tous réalisés de la même manière. Randall Flagg n'était que la dernière des victimes en date. Tous les meurtres avaient en commun une seule chose : le fil dentaire qui avait servi à étouffer la victime. Le tueur ne laissait aucun autre indice. Raison pour laquelle moi et mon équipe continuions à le traquer sans succès.

L'échec permanent de la police de Londres faisait depuis tout ce temps les gros titres de la presse anglaise.

Le lendemain nous fûmes convoqués, mon équipe et moi, par la cheffe de la brigade pour faire le point sur les différents éléments de l'enquête.

La capitaine Judy passa un bon moment à nous réprimander, rappelant encore notre incompétence dans cette affaire. Après son départ, ma collègue Denise souffla : « Elle a raison sur un point, ça fait trois ans qu'on n'a pas avancé dans cette affaire. C'est à croire que ce psychopathe connait toutes nos faiblesses ».

Pendant que mon collègue Paul jouait nerveusement avec sa cravate et que Peter s'amusait avec ses stylos, nous décidions d'établir un plan, sans trop d'espoir. Nous savions que les meurtres se réalisaient toujours dans le même secteur et nous décidâmes donc de surveiller cette zone tout en restant discrets. Mais Paul dut s'absenter ce soir-là en prétextant un appel urgent et sans son aide, cela se révéla plus compliqué que prévu.

Rien ne se passa… Aucun appel à l'aide ou mouvement suspect. Encore une fois, nous avions échoué, lamentablement échoué.

Je rentrai à pied et partis me coucher, bredouille.

J'eus beaucoup de mal à dormir ce soir-là et je fus réveillé lorsque mon téléphone sonna. Un corps avait été retrouvé près d'un ancien monastère, un endroit éloigné de la zone.

La scène était d'une extrême violence. En effet, le cadavre avait la gorge lacérée. La trace du fil dentaire restait en évidence, telle une signature. Mais cette fois-ci, nous remarquions que la trace était plus épaisse que d'habitude.

Mais d'ailleurs…était-ce seulement un fil dentaire ?

J'observai le fil ensanglanté que le médecin légiste me montrait. On aurait dit un fil de cravate !

Enfin, après plus de trois ans d'enquête, l'assassin avait laissé un indice qui pourrait nous être précieux ! J'en avisai Denise.

« Ce n'est pas suffisant, répondît-elle, comment l'assassin pouvait-il savoir que nous ne surveillions pas cette zone en particulier ? »

Je la regardai, l'épouvante se lisant sur mon visage lorsqu'elle déclara avant moi :

« Et si l'assassin se trouvait parmi nous ?»

Pourquoi cette question me hanta jusque dans mes rêves ? Pourquoi avais-je l'impression que nous arrivions enfin à la fin de cette enquête laborieuse ?

Le lendemain, en me rendant au poste, je vis Paul qui triturait de nouveau sa cravate et un détail me frappa. C'était la cravate semblable à celle retrouvée sur la scène du crime !

Je fis part de cette piste à mes collègues et ensemble, nous décidâmes de l'interroger. Je lui dis : « Pourquoi n'étais-tu pas là pour surveiller la zone ? Pourquoi portes-tu la même cravate que celle dont le fil a été retrouvé sur la scène du crime ? »

Paul était abasourdi, il ne savait que répondre. Mais même avec l'aide d'un avocat, les indices contre lui étaient trop nombreux.

On retrouva dans son appartement une boite composée d'effets personnels des différentes victimes et du fil dentaire ensanglanté. Il eut beau prétendre qu'il ne savait pas d'où venait cette boite, les preuves étaient accablantes. Il nous avait menti pendant trois ans. On le condamna à la prison à vie et l'affaire fut enfin classée.

Pourtant, quelqu'un croyait en son innocence, Peter un très grand ami de Paul.

Un soir, alors que nous étions en patrouille afin d'intervenir dans une ruelle sombre signalée par un appel anonyme, il me dit :

« C'est quand même étrange, Paul était avec nous quand les autres corps ont été retrouvés. Quelque chose ne va pas, il est innocent, c'est sûr. Et si quelqu'un voulait le faire accuser à sa place ?»

L'hypothèse de Peter était bonne. Peut-être même un peu trop.

Alors, passant la main dans la poche de mon manteau, je sortis mon fil dentaire et m'apprêtai à passer à l'acte.

LE PERIPLE D'ADAM ET ROSE

Par Hugo, Rémi et Enzo

LE PERIPLE D'ADAM ET ROSE

Par Hugo, Rémi et Enzo

En se réveillant ce matin-là, Rose ignorait que sa vie allait changer à tout jamais. Pendant des années, elle avait réussi à fuir l'ennemi, qui pourchassait sans répit les membres de son peuple, qui déjà, l'avait rendue orpheline.

Pendant des années, elle avait réussi à fuir.

Elle comprit cependant, en voyant la grande main rude et velue de l'ennemi s'avancer vers son cou, que son aventure avait pris fin. En ces temps de guerre, les membres de sa race faisaient l'objet d'une traque sans merci et nombre des siens avaient déjà péri sous leurs coups. Rose serait la prochaine d'entre elles. Sous la terreur, elle s'évanouit et se réveilla dans une prison de verre transparente qui semblait l'étouffait peu à peu. L'angoisse s'empara d'elle. Elle essaya de bouger dans le minuscule enclos qui lui était donné mais sans succès : elle était prisonnière de l'ennemi.

Elle savait que cette prison serait sa dernière demeure.

Les jours passèrent rapidement, sans que Rose ne s'en aperçut. L'ennemi ne s'était pas encore manifesté. Il semblait ne rien attendre de plus de sa part que de rester prisonnière à jamais dans cet étrange enclos. Rose, ironiquement, s'en trouva satisfaite. Elle avait entendu des rumeurs sur ce qui arrivait à son espèce. Des membres de son peuple prisonniers, torturés, brûlés pour finir en résidus de savon ou autres. Des horreurs abominables dont seul l'ennemi pouvait être capable. Mais le premier jeudi de sa captivité, Rose comprit que son sort serait plus terrible encore.

L'ennemi s'approcha d'elle.

La première chose qu'elle sentit fut son odeur : il empestait, tout son corps respirait la sueur, le sang, la cendre. Il ouvrit la prison et se saisit d'elle avant qu'elle n'ait pu faire quoi que ce soit. Elle essaya de crier, mais l'ennemi l'emprisonna fermement et, sans prévenir, lui plongea la tête dans l'eau. Elle n'eut même pas le temps de résister, la bouche ouverte, elle eut l'impression de se noyer, cria à l'aide, sentit les poils se hérisser le long de son dos. Avant qu'elle n'ait pu faire quoi que ce soit, l'homme recommença, encore et encore, sans écouter ses cris de détresse. Rose ne comprenait pas ce qu'il cherchait à faire. Qu'avait-elle fait pour mériter pareille torture ? Il ne lui répondit pas et se contenta, une fois son œuvre achevée, de l'emprisonner de nouveau dans sa prison de verre.

Et cela dura deux mois.

Chaque jour, l'homme la sortait de sa prison, la plaquait, la noyait. Très vite, Rose entreprit de s'évader. Elle savait pourtant que seule, cela lui était impossible.

Mais un jour, Adam arriva.

Adam était beau et intelligent quoique dégarni et petit. Il s'était fait capturer par l'ennemi qui le traquait depuis déjà quelques semaines. Il leur avait échappé pendant des années mais s'était rapidement lassé de cette vie de fuyard, aussi avait-il décidé de se laisser prendre.

Néanmoins, le jour où il fut torturé pour la première fois, Adam comprit que Rose et lui devaient fuir à tout prix. La souffrance était trop intense pour être supportée. Tous deux étant emprisonnés dans des cellules voisines, ils décidèrent de s'évader ensemble.

Le lendemain, le géant revint de nouveau. Il ouvrit la porte. Adam vit là l'opportunité pour lui et Rose de s'enfuir. Le garde le saisissait par la taille et Adam lui rentra dedans de toutes ses forces. Il n'eut pas le temps de retenir Adam et Rose qui étaient sortis. Adam, qui lui était rentré dedans, avait perdu ses cheveux sous l'impact. Il était trop affaibli pour continuer, alors il décida d'abandonner. Rose le vit par terre et voulut l'aider, mais Adam lui cria :

-Non, c'est fini pour moi poupée. Mais toi tu peux encore t'en sortir, fuis, vis ta vie, sois heureuse.

Et en lui disant ça, il partit avec un sourire digne d'une pub de dentifrice.

Endeuillée, Rose s'enfuit les larmes aux yeux. Elle se laissa rouler derrière le meuble en bois mais avant ça, vit le géant attraper le corps sans vie d'Adam et le porter à sa bouche, comme s'il voulait le dévorer.

Au dernier moment, le géant s'aperçut qu'Adam avait perdu ses cheveux et cria :

-Chérie, cette brosse à dent est foutue, tu pourras me faire penser à en racheter une autre ?

TU NE SERAS JAMAIS SEULE

Par Margaux, Nolan et Gabin

TU NE SERAS JAMAIS SEULE

Par Margaux, Nolan et Gabin

Estelle était une jeune fille de six ans, en CP, qui n'avait pas beaucoup d'amis. Les autres enfants de l'école, la trouvant bizarre, refusaient de jouer avec elle. Cela la chagrinait beaucoup et son père également. Voyant sa fille aussi seule, il voulut remédier à la situation. Il lui avait d'abord offert un chien, qu'Estelle avait simplement appelé Médor. Mais Médor semblait n'avoir aucune affection pour la jeune fille. Chaque fois qu'il la voyait, il aboyait.

Un jour, il tomba sur un article de journal qui racontait un drame qui s'était passé dans un château proche de chez eux qui avait pris feu. L'article disait aussi que l'enquête était encore en cours mais qu'ils avaient une hypothèse : le père aurait tué sa femme et sa fille unique, aurait mis le feu à la cuisine puis se serait allongé avant de mourir dans l'incendie avec le reste de la maison.

La famille éloignée des victimes, qui était criblée de dettes, avait décidé de mettre en vente à prix cassé ce qui avait survécu à l'invendu de la maison. L'article informait qu'il y avait un vide-grenier le dimanche suivant. Plus intéressé par le vide-grenier que par l'incendie, le père décida d'emmener sa femme et sa fille voir ce qui était vendu, en se disant que ça serait un moment parfait pour changer les idées de sa fille.

Il y avait toutes sortes de choses. Des vélos de différentes tailles, des jouets par milliers, des poussettes, des poupées magnifiques…

Le père dit à sa fille de regarder les articles et de choisir ce qu'elle voulait. Il s'attendait à la voir revenir avec un vélo flambant neuf mais ce ne fut pas le cas. Elle choisit une poupée décrépie, au visage à moitié brûlé et proprement effrayante qui avait une robe avec des fleurs roses dessus. Elle avait des yeux noirs profonds avec un trait d'eye-liner et du fard à paupière rose fluo. Elle avait aussi une bouche rose avec un chignon de danseuse décoiffée. A ses pieds se trouvaient des ballerines blanches avec des tâches de terre. Voyant l'horreur que leur fille leur tendait, ses parents refusèrent, mais elle insista fortement pour l'avoir en répétant que la poupée l'avait complimentée sur sa robe. Les parents cédèrent et Estelle repartit avec la poupée, qu'elle serra aussitôt amoureusement dans ses petits bras.

En rentrant à la maison, Estelle s'enferma dans sa chambre avec sa poupée, qu'elle appela Mirabelle. Ses parents trouvèrent cela bizarre mais se dirent ensuite que c'était normal, que c'était un nouveau jouet et qu'elle voulait jouer avec tout de suite. En tendant l'oreille derrière la porte, le père, souriant, l'entendit jouer à servir le thé avec sa poupée. « Au moins, se dit-il, elle a quelqu'un à qui parler maintenant. »

Le soir arriva. Dans la nuit, le père se réveilla en sursaut. Il lui semblait avoir entendu quelque chose en provenance de la chambre de sa famille. Il entendit distinctement la voix d'Estelle, qui semblait s'adresser à quelqu'un. Mais ce qui l'effrayait était la deuxième voix, rauque, qui répondit à sa fille :

« Oui je suis d'accord, ils sont vraiment méchants de ne pas te laisser jouer avec eux, ils devraient mourir ».

Terrifié, le père sauta du lit et se précipita dans la chambre de sa file, s'attendant à y trouver un cambrioleur. Mais il vit seulement Estelle, au lit avec sa poupée Mirabelle.

« Tout va bien papa ? » lui demanda-t-elle d'une voix innocente.

« Oui excuse-moi ma chérie, répondit-il, je me suis trompé… » et il repartit se coucher, rassuré.

Pourtant, la seconde nuit, il entendit de nouveau la voix grave retentir.

Très vite, des événements bizarres commencèrent.

La nuit, des robinets s'ouvraient tous seuls, des choses changeaient de place mystérieusement.

Ils retrouvèrent également un cadre brisé dans la maison. Le père songea que ce devait être Médor qui avait fait des bêtises. Mais en se rendant au salon, il fit une découverte effroyable : Médor était allongé sur le ventre, immobile et les yeux grands ouverts.

Le vétérinaire leur dit qu'il avait succombé à une asphyxie, ce qui était fréquent pour un chien de son âge. Le père et la mère furent très tristes de la mort de Médor. Seule Estelle semblait n'en avoir rien à faire, serrant encore son horrible poupée dans ses bras.

Le soir, le père décida de parler à sa femme de tout ce qu'il avait entendu dans la chambre de leur fille. Mais sa femme ne le croyait pas et pensait qu'il devenait fou.

Elle l'incita, pour se rassurer, à remettre le babyphone dans la chambre de leur fille, ce qu'il fit. Pendant la nuit, il entendit de nouveau un échange dans la chambre d'Estelle. Il identifia d'abord la voix de sa fille :

« Mais t'es sûre que c'est bien ce qu'on a fait ? »
Et la seconde voix, rauque et effrayante, lui répondre :

« Mais oui, ce chien était un danger pour nous, il fallait qu'il meure. Et ce ne sera pas le dernier ».

La conversation continua encore mais le père, horrifié, refusa d'en écouter plus. Il prit une décision radicale.

Le lendemain, alors que sa fille partait à l'école, il se rendit dans sa chambre et récupéra Mirabelle qui était toujours aussi effrayante. Le père avait toujours été un homme sain d'esprit. Mais il sentait une noirceur émaner de cette poupée qui le terrifiait. Il songea que jamais il n'aurait dû amener sa fille à ce vide-grenier. Un détail le frappa alors sur le pantin. Il aperçut une étiquette qui dépassait de son dos et lut cette inscription manuscrite : « propriété d'Annalise ».

Annalise.

Le prénom de la jeune fille tuée par son père dans l'incendie du château.

Désirant en finir avec cette histoire, il s'enfuit avec Mirabelle et retourna au manoir. Là, cherchant à conjurer le sort, il mit le feu à la poupée qui se réduisit en cendres sur le sol.

Quand Estelle rentra le soir, elle fut épouvantée par la disparition de Mirabelle. Son père la rassura, prétextant qu'un oiseau devait l'avoir pris pendant la nuit et l'avait emportée au loin. Il lui promit de se rendre le lendemain avec elle acheter une autre poupée.

Le soir, le père retourna se coucher, l'esprit rassuré. Mais il avait oublié de débrancher le babyphone et il entendit à nouveau la voix de sa fille :

« Je sais que c'est lui qui a volé Mirabelle, il supporte pas de me partager, il me veut du mal. »

Et la deuxième voix, rauque et remplie de haine, lui répondit :

« Oui mais ne t'en fais pas, on va s'en occuper, comme on s'est occupé de Médor. Ce sera le suivant. Pas vrai papa ? »

PRISONNIERS DU MANOIR

Par Mathis et Quentin

PRISONNIERS DU MANOIR,

Par Mathis et Quentin

Après des mois d'efforts et une préparation minutieuse, deux prisonniers venaient de s'évader de Northcliff, l'un des pénitenciers les plus sécurisés d'Amérique du Nord.

Le premier prisonnier était le cerveau de l'opération. Il s'appelait Mickaël et souriait à présent de toutes ses dents. Sa joie était compréhensible, car il venait d'échapper à son exécution sur la chaise électrique, qui devait avoir lieu aujourd'hui. Le deuxième, qui s'appelait Clint, était aussi le plus idiot des deux. Il avait essentiellement servi de soutien à Mickaël pendant ses longues années de captivité, en tant que compagnon de cellule. Mickaël ne l'appréciait pas forcément, mais comme il tenait à s'évader, il avait besoin de la complicité de Clint.

Ce dernier, pour sa part, était aussi inquiet que Mickaël était heureux lorsqu'il entendit les sirènes des voitures de police qui se rapprochaient dangereusement.

- Mick ! cria-t-il en tremblant, faut qu'on se planque là, ils se rapprochent !

Mickaël oublia son bonheur un instant pour réfléchir à cette proposition. En effet, il entendait distinctement les voitures qui étaient à leur poursuite. Il avait déjà passé quinze ans enfermé en prison. Hors de question qu'il y retourne.

Clint pointa du doigt un vieux manoir qui se trouvait sur leur gauche.

- Regarde, on pourrait aller là-dedans, ça serait parfait le temps que le danger passe.

Mickaël observa le vieux manoir.

Il était sombre, avec des pierres usées et abîmées comme par un incendie. Ses murs tombaient en ruines, il paraissait désert. Quelque chose de sinistre semblait peser sur la vieille demeure. Cela ferait néanmoins une bonne cachette.

- Ok, répondit-il, allons-y.

Ils entrèrent ensemble. D'un coup, la porte claqua derrière eux et les escaliers grincèrent. La demeure était infestée d'araignées et de souris, qui étaient la pire phobie de Mickaël.

Clint dit :

- C'est bon, on entend plus les sirènes, la police est partie !

Après plusieurs minutes d'attente et de réflexion, ils décidèrent de sortir du manoir.

Mais arrivés à la porte, impossible de l'ouvrir. Ils firent le tour de la vieille demeure à la recherche d'une sortie, mais sans succès.

La nuit noire s'empara du manoir. Mickaël alluma une bougie qu'il venait de trouver sur la table à côté. Elle s'éteignit aussitôt avec un étrange sifflement.

- Qu'est-ce que... ?

Les lampes du manoir grésillaient et projetaient à présent une très légère lumière. Clint et Mickaël n'y voyaient pas à plus d'un mètre. Le premier était à présent terrifié. Grelottant, il se tourna vers son ancien compagnon de cellule :

- Mick ! Ce manoir me fout la pétoche, quelque chose de bizarre est en train de se passer, faut qu'on trouve une sortie.

- T'inquiète pas, répondit Mickaël pourtant aussi terrifié que lui, c'est juste que le manoir est vieux, les lumières doivent être assez fragiles.

Soudain, alors qu'il disait ça, toutes les lumières se rallumèrent d'un coup, l'espace d'une infime seconde. Clint se tourna vers Mickaël. Il était horrifié, semblant avoir vu un fantôme.

- Qu'est-ce qu'il t'arrive ?

- La f....la fi...la fille….

- Quelle fille ?

- Une fille brune avec une robe à fleurs...Elle avait la bouche cousue et un trait sanguinolent sur la gorge comme si on l'avait égorgée. C'était affreux. Tu l'as pas vue ? Elle était juste derrière toi !

Mickaël en fut terrifié. Le portrait de la jeune fille lui rappelait quelque chose de familier. Un frisson d'horreur s'empara de lui. Il ralluma la bougie et se retourna. Il ne vit rien.
Il se retourna de nouveau vers Clint.

- Qu'est-ce que tu racontes à la f...

Mais il n'eut pas le temps de terminer sa phrase. Clint avait disparu !

- Clint ? Cria-t-il.

Il entendit alors un hurlement effroyable retentir dans une des pièces de l'étage, des bruits de vases cassés, des tableaux qui tombaient. Le piano se mit à jouer tout seul une musique étrange qui semblait familière à Mickaël et derrière lui, il entendit une fille chantonner :

- Hum! Hum! Hum! Hum! Hum!

Mickaël fut pris de terreur, il était tétanisé, il n'osait pas se retourner. Cela dura une bonne minute, après ce temps Mickaël ne l'entendit plus chantonner. Il regarda derrière lui et ne vit rien. Mickaël avait des sueurs froides qui lui coulaient sur le front. Il reprit ses esprits et décida d'aller en haut. Après avoir exploré la moitié de l'étage, Mickaël se retourna et appela de nouveau Clint :

- Clint ? Clint ? T'es où ?

Quelques secondes plus tard, Mickaël entendit un cri. C'était le cri de Clint.

Il se précipita dans cette direction et tomba dans un trou où il y avait des araignées et des souris toutes plus grandes les unes que les autres. Il poussa un cri d'horreur. Mickaël était terrifié et perdait la tête, il devenait fou.

Il resta prisonnier dans ce trou pendant deux longues heures avant de réussir à grimper. Alors qu'il en sortait, épuisé et horrifié, il entendit l'horloge sonner.

Douze coups.

Il était minuit.

Mickaël s'enfuit à nouveau pour chercher une sortie. Après quelques minutes de recherche, il trouva une porte abîmée recouverte par des toiles d'araignée.

Il l'ouvrit et vit un grand couloir. Il arriva dans une pièce sombre de laquelle provenaient les cris entendus auparavant.

Le cadavre de Clint était là, étendu devant ses pieds.

Soudain, la porte de la pièce se ferma brutalement derrière lui, des bougies s'allumèrent et il vit le fantôme de la jeune fille qu'il avait tué.

Il cria :

- A l'aide !

Le fantôme s'approcha de lui et Mickaël se mit devant la jeune fille et dit en sanglotant :

- Je suis désolé de t'avoir tuée, mais par pitié épargne moi !

Il eut à peine le temps de s'exprimer qu'il vit une ombre s'approcher. C'était Clint qui éteignait des projecteurs et dit :

- Ravi de t'entendre dire ça !

Surpris, Mickaël répondit :

- Comment c'est possible ? J'ai vu ton cadavre il y a à peine cinq minutes à mes pieds !

Clint répondit :

- La jeune fille que tu as tuée était ma fille ! Tu croyais quand même pas que j'allais te laisser libre après ce que tu lui as fait subir ? Tout ce temps passé à t'aider dans tes plans d'évasion sans même que tu ne t'en aperçoives... La chaise électrique était un châtiment bien trop doux pour toi ! Maintenant, place à ta vraie punition...

La dernière chose que vit Mickaël fut Clint, s'avançant vers lui, le couteau brillant dans sa main, et le sourire sadique qui étirait son visage.

LE VOYAGE DE TROP

Par Samuel et Sabrina

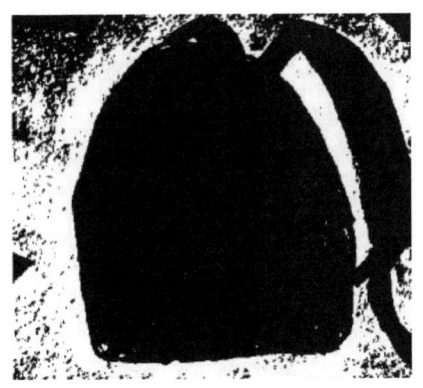

LE VOYAGE DE TROP

Par Samuel et Sabrina

Depuis le hublot de l'avion qui devait les ramener à Bordeaux, la jeune fille regardait les nuages qui flottaient paisiblement dans les airs.

Sa famille avait eu pour projet d'approfondir leur français en aménageant là-bas, maitrisant déjà parfaitement l'anglais. Lors du voyage, pendant que sa mère dormait paisiblement, la jeune fille se rendit compte des turbulences que subissait l'avion et réveilla sa mère pour lui en parler. Celle-ci essaya de la rassurer autant qu'elle pût mais la jeune fille était persuadée que le vol allait mal se finir.

C'est à ce moment qu'un éclair frappa l'avion.

Voyant l'aile de l'avion prendre feu, tout l'équipage se mit à paniquer. Le pilote décida de faire une annonce au micro afin de les rassurer, mais en vain. Il se rendit compte que le moteur de l'avion était en très mauvais état et qu'il allait sûrement s'écraser. Une des deux ailes se détacha alors et l'avion se mit à faire des tourbillons.

Épouvantée, la jeune fille tomba dans les pommes.

Elle se réveilla plusieurs heures après, se retrouvant seule, échouée sur une île de sable blanc. Elle vit autour d'elle les restes de l'avion calciné et les débris qui flottaient sur l'eau. Ses parents n'étaient plus avec elle, pas plus que les autres passagers de l'avion.

Elle était seule.

Il lui fallut trois jours pour se décider à réagir. Ses parents avaient fait d'elle une battante, une aventurière, une exploratrice. Elle ne les décevrait pas.

Elle ramassa son sac à dos qui était la seule chose qu'elle possédait de son ancienne vie. Elle regarda son short abimé et son tee-shirt déchiré et songea qu'il lui faudrait rapidement trouver de quoi se réchauffer.

Elle chercha d'abord de quoi se confectionner une hachette et d'autres choses afin de fabriquer une cabane. Elle trouva des feuilles de palmier, des lianes, des bambous et des écorces pour faire du feu. En construisant son abri, elle se rendit compte qu'il y avait des œufs de serpents, alors elle décida de le déplacer puis d'aller chercher de l'eau de mer pour la filtrer et s'hydrater.

La nuit, seule et effrayée, elle se mit à écouter les bruits de la mer afin d'essayer de se détendre, mais en vain... Ne trouvant pas le sommeil, la fille alla voir si elle pouvait trouver de quoi se nourrir dans sa cabane, mais ne trouva que deux noix de coco et un crabe qu'elle décida de ne pas manger afin de se rationner pour les autres jours, sachant qu'elle n'était pas encore affamée.

Le lendemain matin, elle se fit attaquer par un serpent, mais elle esquiva ses morsures en se protégeant aves sa hachette. En allant chercher de l'eau, elle se fit remarquer par un requin et le voyant, elle se dépêcha de sortir de l'eau. Enfin, en retournant au campement, elle se rendit compte que ce n'était pas sa journée : son campement avait été saccagé par une bête qui lui avait volé ses chaussures favorites, cadeau ramené par ses parents de leur voyage en Inde. Elle vit tout à coup une ombre passer d'arbre en arbre et songea qu'il s'agissait sûrement du voleur. Cette silhouette était tellement floue qu'elle ne distingua pas ce qu'était cette chose.

L'après-midi, elle alla voir si ses autres affaires étaient intactes mais elle ne trouva que sa vieille radio dans son sachet hermétique et mit un bon moment pour la régler. La nuit tomba et elle revit la silhouette, éclairée par la lune. C'était celle d'un singe ! Un singe qui, en plus d'avoir volé ses chaussures, les portait aux pattes, semblait-il.

Elle décida alors de créer un piège inoffensif pour l'attraper pendant la nuit. Le soleil se leva et elle constata qu'il était dans le piège, alors elle voulut l'approcher mais il prit peur.

« Doucement, doucement » dit-elle en s'inquiétant, mais elle se rendit compte qu'il n'était pas méchant. Alors elle ouvrit le piège. Il s'approcha petit à petit d'elle et finit par se laisser gentiment caresser. Il s'enfuit ensuite dans la forêt. Mais la jeune fille se sentait mieux. Ce jour-là, elle n'était plus seule.

Elle avait trouvé un ami.

Ce n'était pas pour autant le seul petit voleur sur cette île.

Un jour, alors que la jeune fille essayait de capter l'attention de quelqu'un avec la radio, elle vit une forme orangée s'enfuir dans la forêt avec son sac à dos, alors qu'une voix émergeait de la radio. Elle s'élança néanmoins à la poursuite du voleur et retrouva rapidement son sac. Le singe avait rattrapé le voleur, qui se trouvait être un renard et avait récupéré le sac à dos. Folle de joie, elle le prit dans ses bras.

« Et c'est ainsi que j'ai rencontré mon meilleur ami ! » déclarait fièrement Isadora à l'étranger sur le bateau qui était venu les secourir trois jours après.

L'homme, qui s'appelait Chris Gifford, travaillait pour la télévision américaine. Parti faire le tour du monde pour trouver de nouvelles idées pour ses émissions, il s'était retrouvé par hasard sur le même bateau et avait écouté avec attention l'histoire de cette étrange jeune fille au tee-shirt rose déchiré, au sac à dos en piteux état et en short qui grattait affectueusement le ventre du singe allongé sur ses genoux. Ce dernier portait encore les chaussures de la jeune fille aux pattes.

« Quelle histoire incroyable, on pourrait presque en faire une série ! Et c'est donc comme ça que tu as rencontré ce singe ? »

Mais le singe, qui semblait avoir tout compris, se tourna vers lui avec un regard noir et lança :

« Alors déjà, le *singe* il s'appelle Babouche, *okay buddy?* »

EDITION 2021 – 2022

LE TUEUR A LA VIRGULE

Par Elona, Lilas, Sacha et Nolan

LE TUEUR A LA VIRGULE

Par Elona, Lilas, Sacha et Nolan

Les deux détectives les plus connus d'Angleterre, Anthony Small et Charles Little, étaient tranquillement en train de se reposer dans leur salon lorsque l'émissaire arriva.
Anthony se tourna vers son associé :

- Voyez-vous, cher ami, je sens que quelque chose de grave est arrivé.
- A quoi pouvez-vous dire ça ?
- Et bien, à en juger par la vitesse à laquelle notre client se déplace, je jurerais qu'il est envoyé par la reine en personne.
- Accueillons-le pour voir ce qu'il en est.

En effet, lorsque James Dong rentra dans la pièce, les deux associés purent apercevoir le symbole de la reine, une couronne surmontant des ailes, sur son uniforme. Il paraissait véritablement affolé et tenait une lettre avec ce même symbole dans une main.

- Chers détectives ! J'apporte un message urgent de la reine ! Une vague de crimes sévit dans notre royaume et elle vous demande à vous, les plus grands esprits de notre ère, de les stopper !

Joyeux comme un enfant, Anthony se précipita vers la lettre et la saisit d'un coup en criant :

- Ah ! Enfin de l'action !

La lettre disait ceci :

« Bonjour, je vous envoie cette lettre pour vous demander de l'aide. En effet, depuis quelques jours, voire quelques semaines, il y a de plus en plus de meurtres dans les rues de notre belle capitale.

Je place donc ma confiance en vous, notre duo de détectives les plus efficaces, pour nous aider à résoudre ces mystères et ramener enfin la paix dans notre Royaume.

Sa Majesté, Reine Lisbeth III, en l'an de grâce 2022. »

Après avoir lu la lettre, les deux associés étaient très contents d'avoir reçu une mission de la plus haute importance provenant de la Reine.

La lettre disait aussi :

« Olivia fait partie de ces meurtres, elle est morte écrasée dans sa rue. »

Ils se rendirent sur les lieux du crime et se mirent à chercher. Arrivés sur place, ils découvrirent d'énormes traces gravées sur le sol. Dans cette trace, il y avait plusieurs traits et des choses inconnues, dont une sorte de virgule.

Après avoir mis les quelques indices dans un sachet pour les analyser, ils rentrèrent chez eux.

Le lendemain en début d'après-midi, Anthony et Charles reçurent la visite d'un autre émissaire de la reine. Charles l'accueillit et Anthony comprit que ce n'était pas bon signe lorsqu'il arriva et vit la tête de son acolyte. Le monsieur, qui était un agent du MI6, leur dit :

- Une inondation a eu lieu à l'adresse suivante : 3 rue du Moulin à Croydon. Nous aurions besoin de votre aide, car les meurtres s'enchaînent et cela n'est plus possible, nous ne sommes plus assez pour contrer les crimes se produisant autour de la capitale.

Quelques heures plus tard, Charles et Anthony se rendirent dans la rue où s'était produite la scène. En cherchant des preuves, ils découvrirent des bouts de plastique vert. Ne trouvant plus d'indices, ils décidèrent de repartir chez eux encore une fois.

Même un mois plus tard, n'ayant toujours pas trouvé le meurtrier, ils décidèrent de chercher encore mais un spectacle abominable les frappa tandis qu'ils se baladaient dans la rue : ils découvrirent des corps aplatis, des empreintes énormes et la trace d'une virgule implantée dans le sol. Épouvantés, ils voulurent faire demi-tour, quand tout à coup, un gros nuage gris apparût au-dessus de leurs têtes. D'un coup, tout refaisait surface, chaque indice, chaque signe, chaque empreinte, tout était enfin logique et ils venaient de comprendre.

En levant la tête, voyant une chose s'approcher d'eux, ils se regardèrent et sachant que c'était la fin, ils se tournèrent l'un vers l'autre :

- Ah ! C'est donc ça la fameuse virgule.
- Mon cher M. Small, merci pour toutes ces aventures.
- Mon cher M. Little, ce fut un honneur.

Les deux se dirent en même temps :

" J'imagine que la reine va devoir se passer de nos services."

Au même instant, le petit Timothé, qui avait reçu à Noël une nouvelle paire de NIKE courut dans le jardin avant de piétiner le potager que son père venait d'arroser et cria :

- Pôpa ! Pôpa ! J'ai encore écrasé des fourmis !

MON HEROS

Par Ostyn, Noah et Alexis

MON HEROS

Par Ostyn, Noah et Alexis

Paul, les yeux remplis d'admiration, était tranquillement assis sur le canapé en train de regarder la télévision. Il n'était pas en train de visionner les dessins animés mais, au contraire, le journal télévisé. Timide, il n'avait pas vraiment d'amis et avait toujours préféré passer son temps devant les écrans qu'entouré d'autres garçons susceptibles de se moquer de lui et de son physique. Cela ne l'avait jamais vraiment dérangé : il se sentait davantage compris par ses personnages favoris que par les autres enfants.

Il observait le combat qui avait lieu en plein centre-ville, à quelques pas de chez lui et qui opposait le célèbre héros Storm, idole de tous les adolescents qui rêvaient d'être comme lui, au machiavélique Tentaculus, une créature difforme, effrayante et cruelle qui terrifiait la ville et était l'ennemi juré de Storm.

Paul regardait ce combat avec des étoiles plein les yeux. Il espérait que son idole parviendrait à triompher de son ennemi grâce à sa force et son courage. Mais cela ne se passa pas comme prévu. Le premier réussit à attraper son adversaire par la jambe et s'apprêtait à porter un coup terrible au second.

Voyant cela, Paul décida d'enfourcher sa bicyclette et de se rendre sur les lieux du combat pour aider son idole.

Tentaculus et Storm se battaient quand soudain, Tentaculus balança une voiture, puis un camion sur Storm. Il esquiva les deux véhicules et attaqua avec des rayons lasers et en essayant de mettre hors d'état de nuire son opposant.

Paul vint aider son idole en parcourant toute la ville. Lorsqu'il se retrouva face à lui, il décida de prendre son courage à deux mains pour lui venir en aide mais il se rendit compte qu'il était trop faible et d'un coup, un camion lui arriva dessus.

Storm partit le sauver de ce camion qui allait l'écraser. Le camion était pesant mais il réussit à le contrôler grâce à sa force herculéenne. Alors, Paul, ému, sauta au cou de Storm. Il allait enfin pouvoir remercier son héros pour tout ce qu'il lui avait appris. Enfin, il se sentait utile. Il enserra ses bras autour du cou de Storm.

Ce dernier eut un grand sourire et cria :
- Écoute petit, cela me fait toujours plaisir de rencontrer un fan, mais là j'ai un combat important à gagner et tu risques d'être en danger en restant ici.

Mais en entendant cela, Paul ne fit que serrer davantage son étreinte.
Avec un sourire machiavélique, il leva son visage vers Storm et lui répondit :

- Mais ce n'est pas pour toi que je suis venu, pauvre abruti.

Et se tournant vers son héros, il s'écria :

- Vas-y Tentaculus, c'est le moment ! Tue-nous tous les deux !

UN TAXI POUR L'AU-DELA

Par Swann et Lucas

UN TAXI POUR L'AU-DELA

Par Swann et Lucas

Aujourd'hui c'était l'anniversaire de mon ami Mathieu et je m'apprêtai à rentrer chez moi dans un état d'ébriété avancé. Pourtant, au dernier moment, parcouru par un étrange pressentiment, je décidai d'appeler un taxi pour rentrer.

Après quinze minutes d'attente, le taxi arriva, conduit par un vieil homme grisonnant à la longue barbe blanche et vêtu d'un blouson en cuir abimé. Je rentrai à l'intérieur en lui indiquant l'adresse de mon domicile. Rapidement, enivré et fatigué, je commençai à m'endormir et fermai les yeux afin de me reposer. Lorsque je me réveillai brusquement, torturé par un étrange cauchemar, ce fut pour découvrir que le taxi s'était arrêté. Les yeux embrumés par la fatigue, il me fallut quelques secondes avant d'observer le monde autour de moi. Très vite pourtant, je découvris que quelque chose n'allait pas.

Le chauffeur était parti. Les portières étaient toutes grandes ouvertes, comme s'il avait dû s'enfuir en vitesse. Je le cherchais des yeux mais ne le vis pas. Perdu au milieu de nulle part dans un endroit inconnu, je commençais à me sentir terrifié. Je sortais la tête en dehors de la voiture pour observer autour de moi, mais dans cette nuit noire, je n'y voyais absolument rien.

Soudain, j'entendis un cri dans la nuit. J'appelai à l'aide. Le chauffeur revint, une bouteille à la main. Voyant mon regard troublé, il me dit :

« Désolé, voyant que vous étiez endormi, j'en ai profité pour m'arrêter et prendre à boire, on va repartir ».

J'en fus rassuré. Pourtant, quelque chose dans cet homme attira mon attention, sans savoir de quoi il s'agissait.

Je fus de nouveau réveillé lorsque j'entendis ces mots du chauffeur :
« On est arrivé. »

Je regardai autour de moi et fus à nouveau surpris. Ce n'était pas ma maison que je vis. Je me trouvais en face d'un étrange manoir sombre et massif, abimé par les années. Une lumière, comme celle d'une bougie, jaillissait de l'intérieur et l'on entendait de la musique.

J'interpellai le chauffeur : « Ce n'est pas ma maison ! » m'écriai-je.

Il se retourna vers moi et me répondit froidement :
« C'est pourtant ici que je dois vous conduire ».

Je m'apprêtais à répondre quand je vis dans ses yeux un éclat rouge qui me fit taire aussitôt.
« Descendez. »
Je lui obéis.

En me retournant pour observer le taxi, je découvris ce qui n'allait pas : j'étais monté dans un taxi jaune vif et je venais de sortir d'un taxi rouge.

Plus inquiet que jamais, je me dirigeai vers le manoir, prêt à demander à ses habitants comment regagner ma route.

Lorsque je frappais à la porte, une voix rauque jaillit de derrière, me disant ces mots terribles :

« Bienvenue au manoir de la Mort. »

Étonné, je commençai :

« Excusez-moi, mon taxi vient de me déposer ici et je n'ai aucune idée de l'endroit où je me trouve. Pourriez-vous m'aider ? »

A nouveau, la voix résonna :

« Bienvenue au manoir de la Mort. Vous êtes en avance. La soirée n'a pas encore commencé pour vous. Veuillez vous diriger vers la forêt. »

Je tournai la tête pour découvrir un chemin qui menait en effet vers une vieille forêt. Ne sachant pas quoi faire d'autre, je m'engageai vers le sentier.

Pendant des heures, je parcourus cette forêt, sans trouver personne, criant inlassablement : « Y-a-t il quelqu'un ? » sans âme qui erre. Pourtant, un cri, qui exprimait une souffrance inimaginable, résonna dans la nuit. Je fonçai dans sa direction.

Arrivé sur place, je me retrouvais en face d'un feu de camp devant lequel dansaient des personnes à demi-nues, le visage caché par un masque en forme de tête de mort.

Au milieu des flammes, un homme était attaché sur une perche en bois. Les danseurs squelettiques le faisaient tourner au-dessus, lui arrachant des cris de souffrance aigus.

Ils riaient et semblaient se réjouir du spectacle de la torture de cet homme.

« Arrêtez tout de suite ! » m'écriai-je.

Toujours rieur, le chef du groupe se tourna vers moi :

« Arrêter la mort ? Vous délirez mon cher ! Attendez donc ici, ce sera bientôt votre tour. »

En les entendant rire de nouveau, je pris mes jambes à mon cou et fonçai en direction du manoir.

Parvenu devant l'entrée, je m'écriais :
« Par pitié, laissez-moi rentrer, il y a des monstres dehors ! »

Mais à nouveau, la voix retentit :

« Bienvenue au manoir de la Mort. Vous êtes en avance. La soirée n'a pas encore commencé pour vous. Veuillez vous diriger vers la forêt. »

« Je me moque d'être en avance, je dois à tout prix rentrer ! »

Et, fou de terreur, je me jetai de toutes mes forces vers le montant en bois.

« Bienvenue au manoir de la Mort. Veuillez ne pas forcer l'entrée. »

Je poursuivais mes coups, m'en donnant mal aux épaules, tant et si bien qu'au sixième, je parvenais à l'ouvrir et fus soudainement aveuglé.

Je ne distinguai rien à part une gigantesque lumière blanche qui m'éblouit. Je ne voyais rien du manoir, mais l'atmosphère y paraissait ici paisible. Je m'apprêtais à faire un pas pour y rentrer quand soudain, je sentis une main se poser sur mon épaule.

« Stop ! », s'écria une voix derrière moi.

Je me retournai et j'eus le temps de voir un éclat rouge sur la tête de l'homme avant de m'évanouir.

Quand je me réveillai, je découvris que je me trouvais dans une chambre d'hôpital, allongé dans un lit, avec pour seul vêtement une robe de soin. Mes cheveux avaient largement poussé, de même que ma barbe. Je ne comprenais rien à ce qui venait de se passer : avais-je rêvé ? Je me sentais mortellement fatigué. En regardant plus encore autour de moi, je découvris la peinture d'un manoir qui avait été accrochée au mur.

Je ne comprenais pas ce qui m'était arrivé mais soudain, quelqu'un rentra dans la chambre. C'était Nathalie, ma copine.

En me voyant, elle se jeta dans mes bras et fondit en sanglots.

« Oh Kylian, j'avais tellement peur que tu ne te réveilles pas ! »

« Que je ne me réveille pas ? »

« Oui ! Tu as eu un accident de voiture mon chéri. Le soir de l'anniversaire de Mathieu, il y a quatre mois, ton taxi est rentré dans un arbre et tu étais dans le coma depuis ».

Je pris alors conscience que tout cela n'avait été qu'un rêve. Pourtant, en tournant la tête à ma gauche, je découvris une voiturette rouge miniature, laissée sur la table de nuit. Je découvrais ce mot dessous :

« Je vous laisse une dernière chance pour profiter de la vie.

Signé : Le Chauffeur. »

ENQUETE AU COLLEGE

Par Anna, Mathys et Coline

ENQUETE AU COLLEGE

Par Anna, Mathys et Coline

Ce matin-là, Titouan, un collégien normal âgé de quatorze ans partit prendre le bus pour aller au collège. Arrivé là-bas, au cours de sa première heure de cours de mathématiques, il fut mis en retenue par le professeur de maths, car il avait oublié son cahier à de nombreuses reprises. Bien sûr, c'était surtout car il n'osait pas lui dire qu'il l'avait perdu.

Le jeudi soir, alors que Titouan se rendait en salle de permanence pour son heure de retenue, il fut heureux d'y retrouver son meilleur ami, qui se prénommait Kévin. Dave, le surveillant qui encadrait l'heure de retenue, réprimanda Kévin car il le surprit en train d'utiliser son téléphone. Lorsque Dave se leva brusquement et le lui prit des mains, Kévin s'énerva et se leva à son tour, d'un air menaçant. Fou de rage, il commença à crier sur lui et Dave lui ordonna de sortir et d'aller et d'aller se calmer dans le couloir.

Un peu plus tard, Titouan demanda à Dave s'il pouvait aller aux toilettes, ce que le surveillant accepta, en lui répondant mystérieusement :

- Oui, mais ne traine pas trop. On ne sait jamais ce qui peut se passer tard le soir au collège…

Peu rassuré par ces paroles énigmatiques, Titouan se dépêcha de s'y rendre, lorsqu'en passant dans le couloir, il entendit une conversation étrange entre deux hommes. Le premier disait :

- Mais t'es sûr qu'on se fera pas griller ?

- Non ne t'en fais pas, ce n'est pas la première fois qu'on s'y prend, on est plus des amateurs. Plus qu'un essai et tout sera parfait ...

Titouan trouva cela suspect, mais ne s'en préoccupa pas pour autant, puis continua son chemin.

Pourtant, une semaine après, Titouan étant en cours de français, le professeur lui demanda d'aller au CDI pour ramener les dictionnaires qu'ils devaient utiliser pour des exercices de grammaire. Une fois les dictionnaires déposés et prêt à repartir, il assista à une scène effroyable.

Il vit Kévin, son ami et camarade de retenue, dégringoler à toute vitesse des escaliers. Les élèves témoins se précipitèrent à toute vitesse sur les lieux. Kévin se tordait de douleur au sol, sa jambe brisée. Le proviseur, M. Lapin, dut même appeler les secours pour qu'ils viennent récupérer le pauvre blessé. Parmi les élèves bouleversés qui échangeaient sur l'incident, Titouan entendit distinctement ces échanges :

- Vous avez vu ce qu'il s'est passé ? Comment ça s'est produit ?

- Je ne sais pas, il a sûrement trébuché, répondit l'autre.

- Trébuché ? A cette vitesse ? Disons plutôt que quelqu'un l'a poussé tu veux dire ?

- Quoi ? Mais qui pourrait faire une chose pareille ?

La réponse resta en suspens mais du coin de l'œil, Titouan aperçut un individu qui se tenait dans le coin du couloir, souriant.
Il s'agissait de Dave, le surveillant qui s'occupait de l'heure de retenue.

Sur le chemin du retour, Titouan se posa beaucoup de questions et repensa à la réponse étrange du surveillant au cours de la retenue, puis de la discussion entendue la semaine dernière. Un soupçon terrible s'empara de lui.

Est-ce que l'accident avait un rapport avec la discussion entre les deux hommes ?

Trois jours passèrent.
Entre temps, le pauvre Kévin avait été admis à l'hôpital pour soigner sa fracture. Il avait de plus reçu un coup à la tête, qui lui avait fait oublier sa chute. L'incident semblait clos et Titouan fit taire ses doutes : comment avait-il pu croire qu'un surveillant souhaiterait autant de mal à un élève ?

Entre 13h et 14h, il se rendait alors à la vie scolaire pour demander un ballon et jouer au foot avec ses camarades. Alors qu'il s'apprêtait à frapper à la porte, il entendit une discussion entre deux hommes, dont il reconnut enfin les voix, identiques à celles de la semaine précédente : c'étaient celles de Dave et du proviseur, M. Lapin !

Il s'arrêta sur place, écoutant discrètement.

- Alors Dave, demandait le proviseur, avez-vous pu vous occuper de l'élément qui posait problème ?

- Oui monsieur, tout est en place. J'ai pu également récupérer ce qu'il faut pour la suite de l'opération.

- Parfait ! Tout est prêt donc ?

- A un détail près, je pense qu'il nous faudra faire un autre essai avant d'y parvenir. Mais monsieur, je dois vous prévenir…je ne suis pas encore très doué pour cette préparation-là. Je risque de faire beaucoup de taches.

- Ne vous inquiétez-pas, j'enverrai l'équipe de nettoyage. Certains d'entre eux sont également dans le coup, comme ça notre petit secret ne risque pas d'être ébruité.

- Pensez-vous que quelqu'un se doute de quelque chose monsieur ? Un élève qui pourrait dévoiler notre plan ?

- Je l'ignore Dave. Mais cela ne doit pas empêcher notre petite sauterie. Nous ferons demain un dernier essai dans la salle de physique…tous les éléments y sont déjà présents et nous pourrons….

Titouan écouta encore attentivement mais il dût s'enfuir à toute vitesse lorsqu'il entendit Élisa, l'autre surveillante, arriver derrière lui.

Il repensa à ce qu'il avait entendu toute la nuit durant et ne put fermer l'œil.

De toute évidence, Dave avait orchestré la chute de Kévin dans l'escalier, dans le but de se débarrasser de ces fameux « éléments perturbateurs ». Pire encore, le proviseur, M. Lapin, était à la tête de l'opération ! De plus, ils prévoyaient tous deux de causer un autre accident le lendemain en salle de physique. Un accident qui causerait beaucoup de « tâches », un meurtre même !

Il décida d'échafauder un plan pour empêcher cela.

Le lendemain, Titouan avait cours de français de 13h20 à 15h, soit l'heure à laquelle devait se passer le crime. Les élèves commencèrent par chanter un joyeux anniversaire à leur professeur. Puis, profitant de la bonne ambiance générale, Titouan demanda à son professeur s'il pouvait s'absenter aux toilettes, ce qu'il accepta.

Discrètement, il se dirigea vers la salle de physique, soucieux de faire le moins de bruit possible. Mais très vite, il comprit qu'il arrivait trop tard en entendant des cris qui provenaient de la salle. La première voix était celle de Dave, qui hurlait contre un autre élève. N'écoutant que son courage, il enfonça la porte et pénétra à l'intérieur, découvrant une scène d'horreur.

Anthony, un autre élève du collège, était allongé sur le sol, recouvert de taches rouges et ne bougeait plus.

Devant lui se dressait Dave, les mains rouges, qui cherchait à nettoyer le bureau du professeur. A sa droite, il avait posé un couteau encore tâché de sang.

Avant que Dave n'ait pu réagir, Titouan se précipita vers la salle de français, criant à plein poumons :

« Au meurtre ! Au meurtre ! »

Lorsqu'il arriva devant la salle, s'époumonant encore, il eut une surprise effroyable. Les autres professeurs s'étaient réunis dans la salle de français, M. Lapin inclus !

Le professeur commença par l'invectiver, lui reprochant son retard.

M. Lapin réagit :

- Oh ne vous inquiétez pas, nous passerons pour cette-fois Titouan, mais avez-vous vu Dave ? Il devait s'occuper d'une affaire urgente pour moi…

Titouan ne savait pas quoi répondre. Il était figé sur place, à l'entrée de la classe. De toute évidence, le proviseur venait d'ordonner le meurtre d'Anthony et sûrement allait-il s'en prendre à lui maintenant qu'il était devenu témoin de l'affaire.

Il voulut reculer lorsqu'il eut un nouveau frisson d'horreur en entendant la voix de Dave derrière lui :

- Excusez-moi M. Lapin, cela m'a pris plus longtemps que ce que je pensais, j'ai dû m'occuper de mon frère Anthony pour son cours de théâtre et ce foutu gâteau était plus difficile à faire que prévu, mais regardez donc....

Et Titouan vit arriver Anthony, qui portait dans ses bras un énorme gâteau à la fraise. Le proviseur et l'ensemble de l'équipe s'écrièrent alors :

- Bon anniversaire M. Boulgour !

UNE JOURNEE EN ENFER

Par Mélysse, Jules et Maël

UNE JOURNEE EN ENFER

Par Mélysse, Jules et Maël

On était le dimanche 31 août, j'étais tranquillement chez moi.

Comme chaque jour, je profitais de la vie, l'esprit tranquille et n'ayant rien à faire. Nous étions enfermés sur place dans ces cages transparentes depuis si longtemps que nous y étions habitués. Pour passer le temps, je parlais avec mes voisins et on se racontait des blagues.

- Hé Pablo, tu sais ce que c'est 1000 vaches qui ont la Covid ?
- Non, dis-moi ?
- Mille cas.
- Aaah t'es trop bête !

Pendant ce temps, Riceaux faisait ses étirements du matin tandis que Clayton se réveillait. Il avait une sale mine. Nous avions encore du temps avant que la maison n'ouvre ses portes aux habitants et que leurs enfants ne viennent brailler dans les allées, sans faire attention à nous, trop occupés à se rendre dans les endroits plus exaltants du complexe.

Mais tout ne se passa pas comme prévu. Les habitants débarquèrent en masse une heure après l'ouverture et se dirigèrent tous vers nous, comme fous. Nous eûmes le temps de voir arriver un grand homme d'environ deux mètres et se saisir de nous avec rage sous les cris de son gamin d'environ onze ans. Sous la douleur, je perdais connaissance.

Lorsque je me réveillai, j'avais changé d'endroit. Je me trouvai dans une pièce étrange, remplie de jeunes enfants bavards et boutonneux.

Mes amis Clayton, Gomez et Riceaux se trouvaient également avec moi, prisonniers des mains de deux autres gamins qui ressemblaient curieusement à celui que j'avais aperçu avec le géant qui nous avait enlevé. Une jeune femme, qui devait être la cheffe de cette organisation, regardait les enfants avec un air autoritaire.

Je jetai un regard effrayé à Riceaux, prisonniers des mains de l'enfant à ma droite.

- Dis, tu sais où on est arrivé ?
- Aucune idée Scott et toi ?
- Je suis perdu comme toi mais ça sent vraiment pas bon, faut qu'on se tire de là au plus vite…
- Ouais je suis de ton avis, ce gamin est…

Mais il s'arrêta et poussa un cri de douleur. Sans même le prévenir, le gamin qui le tenait venait de lui écarter les jambes jusqu'à ce que l'une d'elle craque. Il hurla mais le gamin, indifférent, continua sa séance de torture, sans que personne ne réagisse.

- Riceaux! Cria Clayton à ma gauche, terrifié à son tour.

Mais de la même manière, un autre gamin blond se saisit de Clayton d'une main rageuse et l'enferma dans une sorte de machine à torture effroyable et grisâtre.

Je vis le gamin tourner la tête de mon ami tandis qu'il poussait des cris de douleur à m'en glacer les os. La tête de Clayton explosa et des lambeaux de chair retombèrent dans la machine à torture.

- Clayton, non !

J'étais épouvanté. Nous étions de toute évidence tombés entre les mains de ces enfants qui, pour je ne sais quelle raison, prenaient plaisir à nous torturer les uns après les autres. J'avais déjà vu deux de mes amis mourir sous mes yeux. Il me fallait absolument réagir. Fou de rage, je me tournais vers Gomez pour le prévenir :

- Gomez, ils ont tué nos amis, il faut qu'on les fasse payer ces petits c…

Mais un nouveau spectacle me plongea plus encore dans le désespoir : Gomez n'était déjà plus là.

A sa place se trouvait un tas de résidus blanchâtres qui se répandait sur la table. Un autre enfant avait utilisé une sorte de pointe pour lui arracher la peau et le découper en morceaux.

Je savais désormais où je me trouvais : je ne pouvais être qu'en enfer.

Et alors que je parvenais à cette conclusion, je sentis une main s'emparer de moi, commençant à m'arracher la peau. Malgré la douleur, je rassemblai tout mon courage et criai au gamin :

- Alors c'est comme ça hein ? Si tu crois que ce sera si facile d'en finir avec moi tu te trompes ! Je ne te laisserai pas faire espèce de sale...AAAAARGH !

La douleur était horrible. Tandis que mon ravisseur continuait à m'écarteler, j'eus une dernière vision d'horreur. Je regardai autour de moi les corps détruits de mes amis, ma propre substance qui sortait sur la table et en levant les yeux, je voyais le nom de cette terrible prison écrit en lettres rouge, ce pénitencier d' « East pack ».

Alors que mon bourreau se tournait vers moi pour m'achever, je fus sauvé par la voix de la femme en face de nous qui lui cria :

- Bon posez vos affaires, j'en ai marre de vous voir jouer avec. Martin, tu me ranges ce scotch et réponds moi pour de bon : *what day is it? In English, please.*

LES NOUVEAUX VOISINS

Par Léona et Zoé

LES NOUVEAUX VOISINS

Par Léona et Zoé

Lorsque les nouveaux voisins débarquèrent, la famille Pinal profitait ce soir-là d'un délicieux repas préparé par leur père, Peter Pinal, en se racontant des plaisanteries. Le soleil se couchait doucement et projetait au sol des reflets dorés. L'air était paisible, les enfants riaient, tout était calme et rayonnant. C'était là un des principaux avantages de la vie à la campagne.

Lorsque Peter Pinal avait proposé à sa femme Patricia de partir vivre à la campagne, elle n'avait pas hésité bien longtemps. Sa propre sœur avait auparavant choisi de mener une vie citadine. Elle était donc partie vivre en ville et lui racontait qu'elle se sentait prisonnière comme un animal en cage. Patricia était alors enceinte des deux enfants Pinal, Pamela, dit Pam-Pam et Pierrot. Ici, dans la charmante forêt de Balancia, ils s'étaient créés une nouvelle vie, pleine d'amour, de rires, de chaleur et de calme. Souvent, ils partageaient même leurs repas avec M. Quirrels, le maire du village de Tarcote, et la famille Nerard et Ganliers qui habitaient juste à côté. Ils étaient tous amis et rien ne semblait pouvoir briser l'harmonie qui régnait ici.

Jusqu'au jour où les Hunters débarquèrent.

Ce jour-là, tout le monde se rassembla au cœur du village pour accueillir les nouveaux voisins qui venaient habiter la maison en bordure de la forêt.

Peter Pinal fut le premier à arriver sur les lieux, vite suivi par les autres habitants du village.

- Bonjour ! cria-t-il à l'attention du père de famille.

Mais ce dernier, à l'image du reste de sa famille, l'ignora complètement.

- Ne te fatigue pas, lui dit Richard Nerard qui se trouvait juste à côté. J'ai essayé de les saluer mais c'est pareil, ils m'ont juste fait signe de déguerpir rapidement.

- Encore des impolis de parisiens venus profiter du confinement à la campagne ! grogna Sandrine Ganliers.

M. Quirrels, le maire du village, essaya de calmer les ardeurs de chacun :

- Allons mes amis ! Souvenez-vous tous de votre arrivée au village. Je me souviens que cela n'a pas toujours été rose, certains d'entre vous avaient même failli se battre !

- C'est vrai…répondit M. Nerard, il est vrai que lorsque la famille Pinal est arrivée, nous avons eu quelques soucis d'adaptation.

- Des soucis ? rigola Peter, tu m'as presque arraché l'oreille !

M. Nerard balaya cela d'un geste, comme si ce n'était rien.

- Le maire a raison, répondit M. Ganliers, demain j'essaierai d'aller chez eux pour sympathiser.

Tous approuvèrent.

Le lendemain, M.Ganliers alla donc voir les nouveaux venus. Il toqua à la porte, mais sans réponse. Il cogna de nouveau et le père de famille ouvrit avec un fusil dans les mains.

Bien que surpris, M. Ganliers lui répondit calmement :

- Bonjour cher voisin ! Nous vous souhaitons la bienvenue dans la forêt ! Tous les habitants du village se joignent à moi pour vous dire que nous sommes très heureux de vous compter parmi...

Mais il n'eut pas le temps de finir sa phrase, car M. Hunter venait de pointer son arme sur lui. Avec un grognement, il tira un seul coup qui résonna comme un coup de canon dans toute la forêt.

Depuis leur maison, les Ganliers avaient comme tous les habitants entendu le coup de feu. Sachant que son mari venait de se rendre chez les Hunters, elle fonça à toute allure jusqu'à chez eux, terrifiée.

Lorsqu'elle arriva sur place, ce fut pour découvrir le cadavre sanguinolent de son mari étendu au sol, avec M. Hunter qui se tenait au-dessus, un couteau entre les mains.

Elle poussa un cri d'horreur qui attira son attention. M. Hunters, la remarquant, sortit de nouveau son fusil et tira un coup dans sa direction. Il la manqua de peu et Mme Ganliers réussit à s'enfuir.

Le soir, tous les habitants du village se réunirent à la demande de M. Quirrels. Ils écoutèrent horrifiés le récit de Mme Ganliers.

Alors que tous criaient, fous de colère, M. Quirrels prit ses responsabilités de Maire et déclara :

- Mes amis, calmez-vous, l'heure n'est pas à l'émotion. Il nous faut ici réfléchir à ce qu'il faut faire ensuite.

Peter Pinal se tourna alors vers M. Nerard, qui était connu comme le sage du village. Grâce à sa ruse, il avait en effet à de nombreuses reprises pu résoudre beaucoup de problèmes au sein de Tarcote. Tous se souvenaient encore de la manière dont il avait réussi à piéger le terrible loup gris qui, il a quelques années de cela, avait semé la terreur au sein du village en saccageant les récoltes. Le loup avait été piégé dans la glace et laissé là, sans nourriture ni eau pendant un mois.

- Que proposes-tu, vieux frère ? demanda Peter.

M. Nerard, l'air sérieux, se tourna vers les autres habitants.

- En temps normal, je vous proposerais un astucieux stratagème pour venir à bout de ces monstres, mais je suis trop en colère pour ça. M. Ganliers était l'un de mes plus proches amis. Je pense qu'il n'y a qu'une chose à faire pour le venger : il nous faut montrer notre force commune.

Tous l'écoutaient avec attention, restant silencieux.

- Ce soir, continua-t-il, tous les habitants du village aptes au combat se joindront à moi et nous montrerons à ces Hunters à qui appartient ce village.

Le soir était tombé. Tiago Hunter était affalé sur son lit, repus après le copieux souper qu'il venait de prendre en famille. Il en profitait pour jouer à la console, s'endormant presque sur son jeu, lorsqu'un détail attira son attention du coin de l'œil. Il se précipita à la fenêtre et ce qu'il aperçut le réveilla d'un coup. Jetant sa manette au loin, il courût dans le salon et cria à l'adresse de son père :

- Papa ! Papa ! Y'a tout plein de gros animaux furieux à la porte !

THEO CONTRE LES CHAROGNARDS

Par Lenny et Warrick

THEO CONTRE LES CHAROGNARDS

Par Lenny et Warrick

Théo était le dernier enfant de la famille de superhéros la plus populaire du pays.

Il avait quatre frères et trois sœurs qui avaient chacun un pouvoir caractéristique. Néanmoins il était difficile pour lui de se sentir à sa place au sein de cette famille : il était le seul à ne pas avoir de pouvoir.

Il désirait plus que tout pouvoir les aider à combattre le groupe maléfique de supers-vilains qui se faisait appeler les Charognards.

Pendant toute son enfance, il avait essayé de se mettre en danger pour trouver quel serait son pouvoir : télékinésie comme sa sœur peut-être, invisibilité comme son frère Mathieu ou télépathie…mais rien n'y faisait. Dans cette famille extraordinaire, il était le seul à ne pas l'être.

Un soir, avant d'aller se coucher, il entendit une discussion entre ses parents, d'une mission de sauvetage qui concernait les Charognards. Tous deux paraissaient agités. Le lendemain, Théo leur souhaita bonne chance pour aller se battre.

Une heure plus tard, il partit se balader tranquillement dans la rue pour se changer les idées, toujours aussi déçu de ne pas pouvoir aider sa famille dans leur combat et de représenter un poids pour eux. Perdu dans ses tristes pensées, il ne s'aperçut pas qu'un homme étrange le suivait.

L'individu sortit de nulle part et lui porta un coup à la tête. Assommé, Théo eut à peine conscience que l'homme était en train de l'enfoncer dans un sac. Terrifié à l'intérieur, Théo avait beau se débattre, il comprit très vite que cela ne servirait à rien. Il sentait qu'on l'amenait dans une camionnette et qu'on le piquait avec une seringue et il s'endormit.

Quand il se réveilla, il voyait flou mais se rendit compte rapidement qu'il se trouvait dans un vieil appartement très peu meublé, bien loin de tout ce qu'il connaissait. Pire encore, il eut un frisson d'horreur lorsqu'il vit apparaitre des visages qu'il ne connaissait que trop bien pour les avoir vus maintes fois aux infos.
C'était les Charognards !
Leur chef, un homme aux longs cheveux blonds et aux yeux cachés sous des lunettes de soleil, le regardait en rigolant et il s'avança vers lui.

- Alors, dit-il, maintenant, il n'y a plus qu'à attendre que ta famille débarque pour pouvoir tous les tuer.

Théo fut épouvanté. Tandis que les autres Charognards riaient d'un rire glacial, le chef le jeta tête la première dans un placard et ferma la porte à clé. Pendant de longues minutes, Théo chercha à se débattre, mais il lui était impossible de se libérer.

Soudain, il entendit la porte s'ouvrir d'un coup et la voix de son père qui criait :

- Libérez mon fils, espèce de monstres !

Derrière le placard, il entendit des bruits de lutte et la voix des membres de sa famille qui avaient commencé à livrer bataille contre aux Charognards. Entendant un cri de douleur de sa jeune sœur, il essaya de se débattre davantage, frappant sur la porte comme un forcené.

- Laissez ma famille !

Théo était désemparé. Il entendait des corps tomber sur le sol, sans pour autant savoir à qui ils appartenaient. A nouveau, il se sentit impuissant, plus encore que jamais auparavant et il ferma les yeux, serrant les poings de frustration et de rage, les larmes coulant le long de son visage. D'un coup, il se sentit comme aspiré par un tourbillon. Il se retrouva dans la pièce, le placard toujours fermé à clé. Mais il se trouvait de l'autre côté. Théo comprit d'un coup : il venait de se téléporter ! Il avait un pouvoir finalement !

Mais sa joie retomba aussitôt car il remarqua les corps étendus sur le sol.

Il vit son père, sa mère, sa sœur et ses deux frères, étendus morts aux côtés des Charognards.

Il commença à avoir les larmes aux yeux en voyant les cadavres de sa famille et s'effondra sur le sol.

- Si seulement j'avais eu mon pouvoir plut tôt, sanglota-t-il, j'aurais pu tous les sauver, mais non, l'avenir en a décidé autrement.

Mais le chef des Charognards se releva comme si de rien ne s'était passé et reprit son visage initial : celui de son père. L'illusion se dissipa et il découvrit toute sa famille, en vie et souriante face à lui. Sa petite sœur, ravie, déclara :

- Je savais qu'il suffirait d'un grand choc pour éveiller tes pouvoirs !

EN PLEINE LUCARNE

Par Mahé et Clément

EN PLEINE LUCARNE

Par Mahé et Clément

La journaliste sportive alluma la télé et présenta l'annonce suivante :

« Titouano Lopez, jeune joueur de foot au FC Bordeaux, n'a pas pu rejoindre son équipe depuis avril, lors du match PSG face aux Girondins de Bordeaux. Mais il y a moins de 24h, Titouano Lopez a annoncé sur ses réseaux, qu'il reviendrait sur le terrain pour la revanche lors de la finale de la Champions League qui opposera le FCGB au PSG le 7 juillet prochain »

La journaliste se tourna ensuite vers lui, pour reprendre l'interview qu'ils avaient commencée.

- Bonjour, comment allez-vous ?

- Très bien, merci !

- Alors dîtes-moi…on dirait que la nouvelle de votre retour s'est vite répandue !

- Oui, on dirait bien et d'ailleurs je suis impatient. Justement il faut que j'aille faire quelques entraînements. A tout à l'heure, Mme Sanchez.

Titouano retrouva Ben Arfa au vestiaire du stade du Château Bel-Air, un joueur tout aussi talentueux que lui et ses autres coéquipiers. Vladimir Retzvic, l'entraîneur de l'équipe, décida de les plonger directement dans le bain, en leur ordonnant de faire cinq tours de terrain pour les échauffer. Puis, il enchaîna avec toutes sortes d'exercices techniques ou physiques. Après deux heures d'entraînement, Titouano était exténué et choisit de rentrer chez lui pour se reposer pour le match du lendemain.

Ce lundi 7 juillet à 20h45 dans les vestiaires, il écouta les consignes du coach et se prépara mentalement pour cette finale de ligue des champions. Pour ce match mémorable, Titouano avait été ajouté à l'effectif à son poste fétiche en tant qu'attaquant.

Une musique retentit. C'était cette musique, la musique d'entrée sur le stade.

Après le salut des équipes et le tirage de l'engagement, les équipes se mirent en place et l'arbitre donna le signal du coup d'envoi de ce match de légende.

Vingt minutes plus tard, les deux équipes étaient encore au coude à coude. Puis, d'un coup, Titouano se stoppa brusquement et un bruit sourd retentit. Personne ne réagit, comme si seul Titouano avait entendu ce bruit, mais il ne s'en préoccupa pas, il était focalisé sur son match.

Vingt-cinq minutes plus tard, le score était toujours de 0-0.

Pour Titouano, ces dernières quarante-cinq minutes étaient passées avec une rapidité effrayante, comme s'il n'y en avait eu que trois.

La seconde mi-temps commença. D'un coup, Kylian Mbappé fit une percée dans la défense par l'aile gauche. Il mit dans le vent Timothée Pembélé et Raphaël Varane. Et tout d'un coup, la flèche Neymar Jr s'avança vers le but. Puis, Mbappé, d'un geste rapide, envoya la balle à Neymar, qui contrôla du pied droit pour enchaîner avec une frappe puissante qui fila droit dans les cages du gardien bordelais. Titouano était désespéré, il ne restait que vingt petites minutes pour égaliser voire même espérer mener au score. Après quelques réglages techniques, les bordelais lancèrent l'engagement et avancèrent directement vers l'avant. De Jimmy Briand à Mahrez ou encore Davy Rouyard à Titouano Lopez, ils temporisèrent devant les cages des parisiens en attendant qu'un espace s'ouvre dans la défense. D'un coup, Sergio Ramos laissa seul Titouano sur le côté gauche. En un éclair, Titouano déborda et Samuel Kalu lui envoya le ballon dans la profondeur. Accélération, virgule, petit pont, frappe : Titouano Lopez relança son équipe dans la course. Sept minutes restaient aux bordelais pour gagner le match.

Les deux équipes étaient au coude à coude. Titouano n'avait presque plus d'énergie dans sa jauge. Il s'attendait à être remplacé à tout instant.

Après une frappe ratée d'Angel Di Maria, Benoit Costil, le gardien de Bordeaux était en position de 6 m. Celui-ci tira dans la balle et elle vola par-dessus tous les joueurs présents sur le terrain.

Elle arriva droit dans les pieds de Titouano, qui leva la tête et se découvrit seul face au but. Puisant dans ses ultimes ressources, à la toute dernière minute du match, il sprinta droit au but, feinta le gardien et se prépara à frapper pour marquer le but victorieux, plus heureux que jamais. Il arma sa frappe...mais se figea aussitôt. Tous les autres jours s'étaient immobilisés, le temps semblait s'être arrêté. Titouano, toujours figé, entendit la voix de son créateur Titouan s'élever alors de derrière la télé, indigné :

- Mais maman, touche pas à cette console, j'allais enfin gagner !

SURVIVRE A MINUIT

Par Lou, Taïssa et Louis

SURVIVRE A MINUIT

Par Lou, Taïssa et Louis

Lorsque son réveil sonna, Léa sut immédiatement que sa journée de travail allait s'avérer compliquée. La sonnerie stridente lui vrillait les oreilles, elle s'était réveillée avec un mal de tête terrible, la bouche pâteuse et le corps endolori.

Elle essaya de se remémorer ce qu'elle avait fait la veille : elle se souvint simplement que la soirée d'anniversaire de son amie Maëlys avait été très dynamique et qu'elle la laissait aujourd'hui avec des souvenirs flous, de cadeaux qu'on ouvrait, de danses endiablées et d'une odeur de sueur, des cris que l'on poussait à la nuit tombée.

Elle sortit son téléphone pour regarder son agenda et poussa un cri d'horreur : elle était en retard pour sa présentation !

Sans même se doucher ni manger, elle s'habilla en vitesse et se précipita dehors. Elle eut une nouvelle mauvaise surprise lorsqu'elle découvrit que sa voiture n'était pas là. Elle poussa un juron et se demanda où elle avait bien pu la garer. Elle n'avait pas le temps de chercher et décida donc de se rendre au travail à pied, en courant à toute allure.

Léa regarda son GPS et vit qu'en empruntant la voie normale, elle allait arriver avec un retard de dix minutes.

Aussi, elle décida de couper par le vieux cimetière qui n'était pas si loin de son lieu de travail.

Elle entra dans le cimetière, une légère brume recouvrait le lieu qui lui était très lugubre, mais elle n'y prêta pas tellement attention car elle était toujours en retard. Le vent soufflait à travers les tombes abîmées, ce qui produisait un bruit strident.

Léa regagna l'allée principale. Son regard fut alors attiré par un mouvement suspect qu'elle aperçut du coin de l'œil. Une étrange sensation de malaise l'envahit soudainement et son corps entier frissonna. Là, elle vit un homme vêtu d'un chapeau noir la fixer d'un regard insistant quelques allées au loin. Envahie par une étrange terreur, elle détourna le regard, puis continua son chemin.

Elle se mit à accélérer car son retard prenait de plus en plus d'ampleur, elle trébucha sur une bordure à la sortie du cimetière.

Pourtant, lorsqu'elle arriva sur place, elle ne trouva personne. La porte était verrouillée et une petite fiche indiquait que l'entreprise était fermée pour la journée, en raison d'un drame personnel.

Léa s'arrêta devant la porte, n'y comprenant rien. Pourquoi personne ne l'avait avertie ?

Elle vit néanmoins le bon côté de la situation : personne n'avait assisté à son retard et surtout, elle était libre de sa journée !

Elle décida donc de profiter de cette journée pour prendre soin d'elle et reprit le même chemin qu'au départ, car elle était pressée de rentrer chez elle.

Arrivée à l'entrée du cimetière elle eut un mauvais pressentiment.

Elle repensa à l'homme étrange qu'elle avait vu ce matin-là. Elle avait l'impression qu'il l'observait, tout au fond du cimetière, alors qu'il se tenait devant une tombe. Intriguée, elle décida d'aller observer l'endroit. Elle s'approcha suffisamment et découvrit que l'endroit n'avait rien de suspect. La tombe était tout ce qu'il y a de plus classique, avec les inscriptions traditionnelles : "À notre chère fille", "Pour ma sœur qui me manque". Néanmoins, elle fut envahie par une étrange sensation de malaise.

Lorsqu'elle observa le nom de la défunte, la terreur l'envahit et son sang se glaça dans ses veines.

C'était le sien.

Il était inscrit :

"Léa Philemon, décédée en ce dernier jour du mois de février 2021".

Elle n'y comprenait rien. Peut-être s'agissait-il d'une farce ? Ou peut-être était-ce une autre Léa ?

Pourtant, la date concordait. Il lui fallait à tout prix comprendre.

Elle rentra chez elle, déboussolée. Elle réfléchit donc à ce qu'elle pouvait faire pour comprendre ce qui lui arrivait mais son esprit était tellement embrouillé que la seule chose à laquelle elle pouvait penser fut d'aller au lit.

Elle se réveilla en sursaut à cause d'un cauchemar où elle se voyait mourir. Elle se leva péniblement et partit se faire un café mais son esprit était encore préoccupé par ce qu'elle avait vu au cimetière. Elle prit l'initiative de faire des recherches à la bibliothèque. Arrivée sur place, elle chercha les avis de décès récents mais elle ne trouva pas grand-chose, elle décida donc de demander à la bibliothécaire, occupée à écouter de la musique à l'aide de ses écouteurs.

- Bonjour madame, pouvez-vous me renseigner sur les décès récents s'il vous plaît ?
- …
Elle ne lui répondit pas.
- Euh… madame ?
Sans réponse.

Elle laissa cette histoire de côté et continua ses recherches, énervée par le comportement de cette bibliothécaire. Léa ne trouva rien. Malheureusement, les décès n'avaient pas été enregistrés depuis janvier 2021.
Elle renonça à son idée de trouver des renseignements dans les livres.
Léa décida de rentrer chez elle pour se reposer car elle était fatiguée. Arrivée chez elle, elle alla directement se coucher.

Le matin, elle prit l'initiative d'aller faire les courses car son frigo était aussi vide que son estomac et il n'y avait pas une trace de nourriture dans les placards.

Elle décida de passer par le cimetière, elle avait envie de se dépêcher car son estomac gargouillait en pensant au bon croissant chaud et parfumé de la boulangerie d'à côté. Elle se dirigea vers l'allée principale du cimetière, elle aperçut une silhouette au loin et une impression bizarre lui traversa le corps : elle avait un sentiment de déjà-vu.

C'était l'homme vêtu de noir qu'elle avait aperçue quelques temps auparavant. De nouveau, il était dans la même position que la veille et semblait la regarder fixement. Avec l'absence de lumière, elle ne pouvait pas voir son visage, caché sous son étrange chapeau melon noir.

Elle décida de ne pas y prêter attention et accéléra le pas. Elle continua sa route sans trop se soucier de cet étrange personnage. Elle arriva dans une petite ruelle étroite et, arrivée au bout de la ruelle, elle vit une drôle de vieille femme, aux vêtements déchirés et à l'air très étrange, qui lui faisait signe d'entrer dans sa demeure. Léa, qui était encore secouée par sa brève rencontre avec l'homme en noir, décida d'entrer. L'étrange femme lui fit signe de s'asseoir, ce qu'elle fit. Elle commença à lui tirer les cartes puis lui dit :

- Écoutez ma chère, je vois pour vous un avenir plein de malheur et de soucis. S'il ne vous arrive rien avant minuit, alors cela voudra dire que vous êtes sauvée de toute malédiction.

La faim qu'elle avait encore il y a quelques minutes venait d'être remplacée par une peur grandissante. Elle était si perturbée qu'elle en oublia même de remercier l'étrange femme qui venait de la mettre en garde. Elle repartit chez elle avec des questions plein la tête. Elle se dit qu'après une journée aussi éprouvante, un bon bain chaud serait bien mérité. Arrivée chez elle, elle prit un bain puis se dit qu'une petite promenade nocturne serait la bienvenue.

Elle se promena dans sa petite ville mais ne regardait pas vraiment où elle allait, prise par des pensées sombres par rapport aux derniers évènements récents dans sa vie : son effrayante rencontre avec l'homme vêtu d'un chapeau noir, « sa tombe », la deuxième rencontre avec cet inconnu, l'étrange femme et son horrible prédiction.

Mystérieusement, elle s'arrêta devant l'église de sa ville. Elle venait de sonner minuit ! Elle était sauvée, aucun malheur ne lui était arrivé depuis sa rencontre avec l'étrange femme.

Léa exprima sa joie lorsqu'elle entendit un soupir derrière elle, et son cœur loupa un battement. Elle se retourna brusquement mais il n'y avait personne. Elle en fut rassurée, ses jambes cessèrent de trembler. Mais elle entendit une voix lui dire :

- Bonsoir, mademoiselle Philemon.

L'homme vêtu de noir apparut derrière l'église. Léa fut aussi surprise que terrifiée de voir cet étrange individu. Un autre détail la frappa. Un objet proéminent semblait être caché sous son long manteau noir. La lumière d'un réverbère fit briller légèrement une sorte de reflet métallique à son épaule.

- Comment connaissez-vous mon nom ? demanda-t-elle d'une voix tremblante.

- Je vous connais depuis plus longtemps que vous ne le pensez. Et je vous attends depuis tout autant de temps.

Léa était perdue. Elle voulut répondre mais il lui était à présent impossible de parler, elle était paralysée.
Sa bouche sortait des bruits incompréhensibles.
Léa était troublée, elle se sentait mourante, tous ses membres étaient paralysés, elle ne les sentait plus.

D'un coup, elle reprit sa voix et lui dit d'un ton troublé :
- Pouvez-vous m'expliquer ce qui m'arrive et pourquoi vous me dites tout ça ?

L'étrange homme se mit devant elle et, contre toute attente, éclata de rire, comme si elle venait de lui raconter une excellente blague. Puis, il prit conscience du regard étonné de la jeune femme et répliqua :

- Mais Léa, vous ne le savez toujours pas ?

Et il s'avança dans la lumière, révélant son visage blanc, aux traits émaciés. Un visage squelettique, froid comme la mort.

- Vous n'avez pas trouvé votre voiture l'autre matin, car vous n'êtes jamais rentrée de la soirée d'anniversaire de votre amie. Je vous ai laissé 48h pour faire vos adieux, mais désormais, il est temps de me suivre.

TABLE DES MATIERES :